se lave tout seul

Orianne Lallemand
Éléonore Thuillier

AUZOU éveil

Cet après-midi, P'tit Loup et Babiloup sont allés au parc avec Papa.
« Oh là là ! s'exclame Maman. Vous êtes dans un drôle d'état…
— Le toboggan était plein de gadoue, explique P'tit Loup.
— Dou-dou ! applaudit Babiloup.
— Je vois ! rit Maman. Au bain, les p'tits cra-cra ! »

Maman fait couler le bain.
« Aujourd'hui, je vais me laver tout seul,
annonce P'tit Loup.
— Bonne idée ! dit Maman. Que dois-tu faire d'abord
— Prendre la température de l'eau pour ne pas
me brûler ! répond P'tit Loup.
— Exactement ! » approuve Maman.

Avant d’entrer dans la baignoire,
P’tit Loup se déshabille. Un bouton par-ci,
une fermeture Éclair par-là…
ce n’est pas facile !
« J’ai réussi ! s’écrie-t-il, fier de lui.
— Bravo ! le complimente Maman.
Dans l’eau, maintenant ! »

« Dis-moi, demande Maman, te souviens-tu
de notre petite chanson ? »
Aussitôt P'tit Loup saisit le savon et se met à chanter
« Je prends du savon,
Je frotte, je fais briller,
J'adore sentir bon ! »

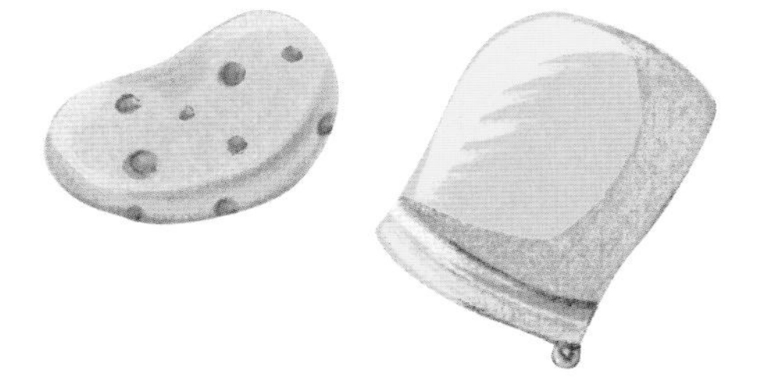

Tout en se lavant, P'tit Loup fait le clown :

« Je frotte mon museau,
Je frotte mes oreilles,
C'est moi le plus beau ! »

« Bavo ! Bavo ! » crie Babiloup, ravie.

P’tit Loup n’oublie aucune partie de son corps :

« Je frotte mes deux bras,
Je frotte mon bidon…
Je frotte mes petites fesses,
Et tout le reste ! »

Babiloup, ravie, imite son grand frère.

Ça y est, P'tit Loup a fini !
Il est tout couvert de mousse.
« Regardez, je suis un bonhomme
de neige ! s'amuse-t-il.
— Magnifique ! le félicite Maman.
Et maintenant, qu'est-ce qu'on fait ?
— On rince tout ! »

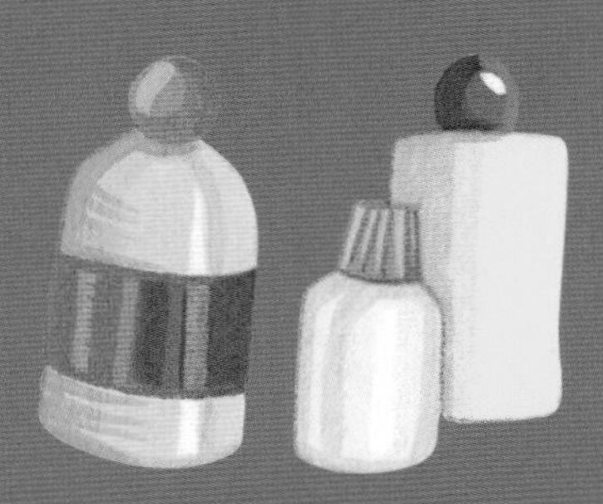

Enfin, P’tit Loup sort de la baignoire.
« Je suis tout propre ! se réjouit-il.
— Et tu sens bon, ajoute Maman en le séchant doucement. Cela donne envie de te faire des bisous.

Pour terminer, P’tit Loup enfile son pyjama
de super-héros.
« Tu as vu, Maman, dit-il fièrement,
je me suis lavé comme un grand !
— Bravo, Super-P’tit Loup, rit Maman,
tu es vraiment très fort !
Et quelle est ta prochaine mission ?
— Jouer avec Babiloup ! »

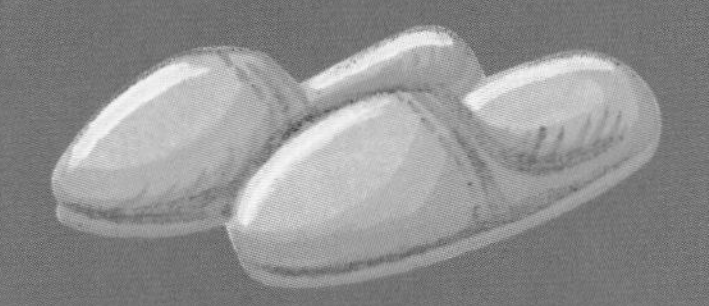

Toutes les histoires tendres et malicieuses de P'TIT LOUP

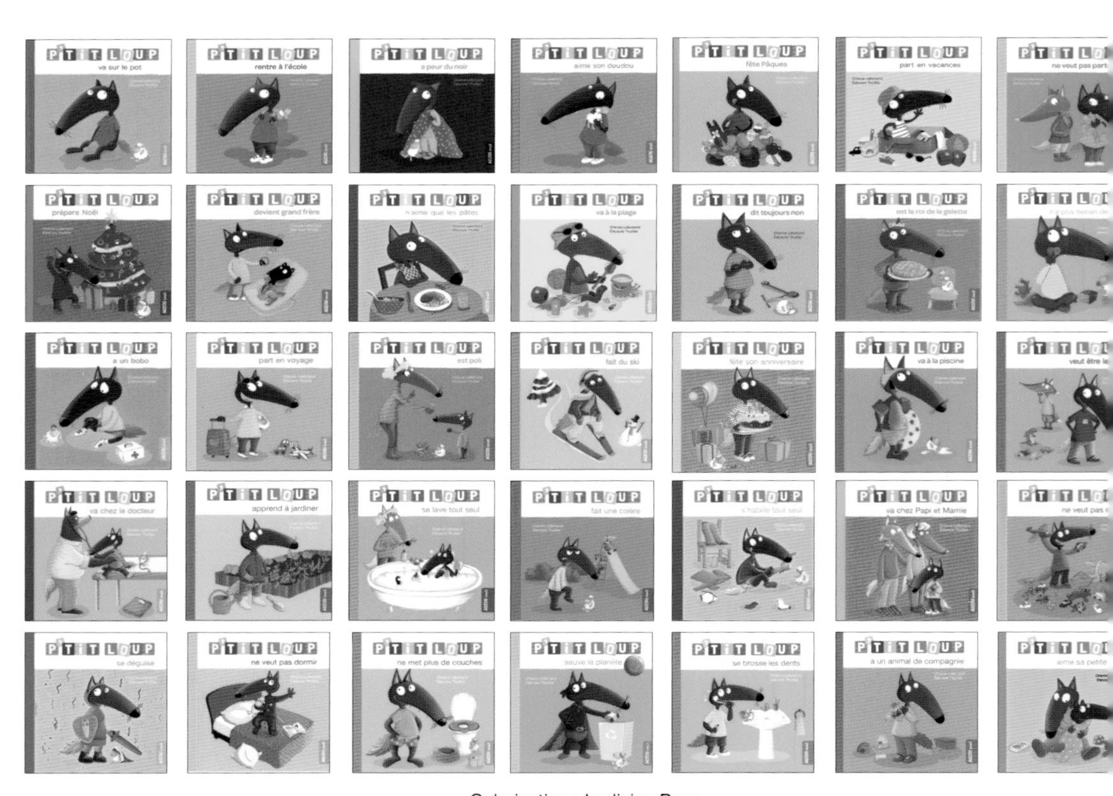

Colorisation : Ludivine Puyo

Relu par des psychologues (Aurélia Belmonte et Sophie Lhomelet-Chapellière) et une orthophoniste (Anne de Maisonneuve).

© 2020, éditions Auzou.
Tous droits réservés pour tous pays. Loi n° 49-956 du 16 juillet 1949 sur les publications destinées à la jeunesse, modifiée par la loi n° 2011-525 du 17 mai 2011. Dépôt légal : novembre 2020.
Imprimé en Chine. Printed in China.